GUÍA DE LECTURA

Escrita por Cécile Perrel
Traducida por Laura Soler Pinson

La carta robada

de Edgar Allan Poe

Entiende fácilmente la literatura con

ResumenExpress.com

www.resumenexpress.com

EDGAR ALLAN POE

HOMBRE DE LETRAS ESTADOUNIDENSE

- **Nacido en 1809 en Boston (Estados Unidos)**
- **Fallecido en 1849 en Baltimore (Estados Unidos)**
- **Algunas de sus obras:**
  - *Manuscrito hallado en una botella* (1833), cuento
  - *La caída de la Casa de Usher* (1839), cuento
  - *La carta robada* (1845), cuento

Edgar Allan Poe, nacido en Boston en 1809, es un poeta y escritor de novelas y cuentos estadounidense que ha marcado un hito en la historia de la literatura. Se le conoce sobre todo por sus cuentos, rodeados de una atmósfera oscura y misteriosa, y se le considera el precursor de la novela policíaca, de la ciencia ficción y de lo fantástico.

Estudia en la Universidad de Virginia y tiene una fugaz carrera en el ejército. Tras esto, intenta vivir de su pluma no sin dificultad: escribe para periódicos, y también publica poemas y una novela, *Las aventuras de Arthur Gordon Pym*. Son los cuentos los que le reportan su mayor éxito, sobre todo *La caída de la Casa de Usher*, *El hombre de la multitud*, *El gato negro* y otros muchos. Muere en Baltimore en 1849.

LA CARTA ROBADA

UN RELATO QUE APARENTA SER UN CUENTO POLICÍACO

- **Género:** cuento
- **Edición de referencia:** Poe, Edgar Allan. 2016. *La carta robada*. Traducido por Jorge Luis Borges, Adolfo Bioy Casares y José Luis López Muñoz. Meddle. E-book en epub
- **Primera edición:** 1845
- **Temáticas:** robo, investigación, venganza, deducción

La carta robada es el segundo cuento de la selección de *Historias extraordinarias*. Se publica por primera vez en 1845 en una revista estadounidense.

Este cuento relata el robo de una carta que compromete a una importante personalidad del Estado. Es un ministro el que ha sustraído el documento para utilizarlo como mecanismo de presión. El dueño de la misiva le pide al prefecto de la policía que recupere su bien, pero este no lo logra a pesar de todos los medios que emplea, por lo que va a pedir ayuda a Dupin y al narrador. Al final, es Dupin quien encuentra con mucha facilidad la carta burlándose del ministro.

RESUMEN

Paris, otoño de 18**. El narrador pasa la velada con su amigo Dupin en el domicilio de este cuando de repente llega el prefecto de la policía, uno de sus amigos. Está desconcertado por uno de sus casos, y quiere pedirles consejo. Alguien ha robado un documento muy importante en las habitaciones reales y se sabe quién es el ladrón: se trata de un ministro llamado D. La víctima del robo ha encargado al prefecto que recupere la carta, pero este no lo logra a pesar de los registros minuciosos en casa del ministro. D. ha sufrido incluso dos ataques de falsos ladrones que actuaban bajo las órdenes del prefecto para comprobar si llevaba encima el documento. Pero la carta sigue en paradero desconocido. El narrador y Dupin no encuentran ninguna solución y el prefecto se va, desanimado.

Un mes más tarde, el prefecto vuelve a casa de Dupin. Todavía no se ha recuperado la carta. Está tan desesperado por este caso que llega a prometer una gran recompensa a quien encuentre el documento. Dupin le pide que le dé ya el dinero: él va a encontrar la carta.

A continuación, le explica al narrador cómo va a proceder: intuye que el ministro conoce los métodos de la policía, así que cree que la carta quizás no está escondida, sino que se encuentra a la vista de todo el mundo, en casa del ministro, para que nadie tenga la más mínima sospecha de que pueda tratarse del famoso documento. Y es exactamente esto lo que constata Dupin cuando visita al ministro, al que conoce: la carta no está escondida, sino a la vista, en un tarjetero.

Así, Dupin se olvida deliberadamente una tabaquera en casa de D. para tener una excusa para volver, y al día siguiente se presenta allí. Aprovecha entonces un momento de despiste del ministro para robar la carta y sustituirla por otra que se le parece. Así, se venga de una jugada que el ministro le había hecho unos años antes.

ESTUDIO DE LOS PERSONAJES

EL NARRADOR

Poe no dice nada sobre él. No conocemos ni su nacionalidad (solo sospechamos que no es francés), ni su edad. Únicamente se nos cuenta que cuando ocurren los acontecimientos relatados en el cuento, se encuentra en París por unos meses, pero no sabemos las razones de su estancia.

Además, no es el protagonista de la historia, ya que su función es únicamente narrar los hechos. Por supuesto, puede identificarse con Poe, y sirve de punto de unión entre Dupin y los lectores.

DUPIN

Es un francés que proviene de una familia ilustre, pero arruinada. Vive en un barrio retirado de París, y los libros son el único lujo que tiene. De hecho, gracias a estos acaba conociendo al narrador: ambos buscan la misma obra.

Es alguien original, amante de la noche. Por el día, cierra las contraventanas y las ventanas para vivir en una falsa penumbra y no sale de casa. Por la noche, sale para pasearse por las calles.

Hace apología del espíritu analítico y defiende el razonamiento lógico basado en deducciones evidentes.

CLAVES DE LECTURA

ESQUEMA ACTANCIAL

La carta robada © ResumenExpress.com

ESQUEMA NARRATIVO

Situación inicial: es el inicio de la historia, el momento en el que se pone en contexto y en el que se nos presenta a los personajes. La situación es equilibrada, es decir, no tiene razón alguna para evolucionar.

- El narrador y Dupin se encuentran en París. Pasan una velada tranquila en torno a la chimenea.

Elemento perturbador: es un acontecimiento que perturba la situación inicial y que desencadena la historia propiamente dicha.

- El prefecto de policía llega porque quiere pedirles consejo: han robado una carta importante a un miembro de la familia real, que le ha encargado que la encuentre. Desgraciadamente, no lo logra.

Peripecias: son los acontecimientos provocados por el elemento perturbador y que desencadenan la o las acciones del héroe para resolver el problema.

- Dupin comprende que el ministro conoce los métodos de la policía, por lo que se está burlando del prefecto. Decide visitar al ministro, ya que piensa que la carta robada estará en su piso, a la vista de todos, y no escondida.

Desenlace: pone fin a las peripecias y lleva a la situación final.

- Dupin encuentra la carta, la sustrae y la sustituye por otra que se le parece.

Situación final: es el final de la historia. La situación es estable otra vez, como la situación inicial, pero ha sufrido cambios.

- La caída política del ministro es inminente, lo que alegra a Dupin, que ha logrado vengarse de una jugada que D. le había hecho unos años antes.

UN CUENTO POLICÍACO

La carta robada pertenece al género del cuento.

Un cuento es un relato de longitud media que aparece en la Edad Media, pero que alcanza su máximo apogeo en el siglo XIX, en Francia con Barbey d'Aurevilly, Mérimée o Maupassant, y en el extranjero con Poe.

El cuento presenta las siguientes características:

- siempre es un texto corto, de varias decenas de páginas;
- se centra siempre en un único acontecimiento. Aquí, Poe cuenta el robo de un documento importante con fines políticos y el lector asiste a la resolución del caso;
- pocos personajes interactúan en un cuento. Aquí, los personajes principales son Dupin, el ministro, el prefecto y el narrador;
- el marco espaciotemporal es reducido: la acción se desarrolla únicamente en París y en un lapso de tiempo muy corto, apenas unos días.

Además, a este texto se le considera un cuento policíaco, género del que se considera inventor a Poe. Ya sea novela o cuento, el relato policíaco siempre saca a escena la resolución que un investigador hace de un crimen, que consiste a menudo en uno o varios asesinatos.

Aun así, este cuento es un relato policíaco un tanto particular, puesto que no hay que resolver ningún asesinato: se trata de un robo con autor conocido. Por lo tanto, no se trata de arrestarlo, sino simplemente de recuperar el bien sustraído. El modelo de esquema del cuento policíaco se modifica un poco. Sin embargo, nos encontramos con los personajes clásicos del género:

- la víctima, que es a menudo el punto de partida de la historia: aquí, no ha sido asesinada, sino que ha sufrido un robo;
- el investigador: es Dupin el que desempeña este papel haciendo uso de su espíritu analítico;
- el sospechoso y el culpable, dos personajes que acostumbran a ser distintos, pero que en este cuento son una misma persona, el ministro D. Sabemos desde el principio de la obra que se trata del culpable, y el objetivo no es desenmascararlo, sino encontrar lo que ha robado.

El asunto por resolver no es tan dramático como cuando se trata de un asesinato, así que se dejan de lado ciertos elementos característicos del relato policíaco:

- el falso sospechoso: como acabamos de decir, aquí se conoce al verdadero culpable desde el principio de la obra;
- los indicios: el investigador no debe buscarlos, puesto

que el ladrón ya ha sido identificado;
- los testimonios visuales o auditivos: es la persona robada quien proporciona el primer y único testimonio. Ha presenciado el robo, pero las circunstancias no le han permitido actuar.

¡Su opinión nos interesa!
¡Deje un comentario en la página web de su librería en línea,
y comparta sus favoritos en las redes sociales!

PARA IR MÁS ALLÁ

EDICIÓN DE REFERENCIA

- Poe, Edgar Allan. 2016. *La carta robada*. Traducido por Jorge Luis Borges, Adolfo Bioy Casares y José Luis López Muñoz. Meddle. E-book en epub.

EN RESUMENEXPRESS.COM

- Guía de lectura de *Los crímenes de la calle Morgue* de Edgar Allan Poe.
- Guía de lectura de *La caída de la Casa de Usher* de Edgar Allan Poe.
- Guía de lectura de *El gato negro y otros relatos* de Edgar Allan Poe.
- Guía de lectura de *El escarabajo de oro* de Edgar Allan Poe.
- Guía de lectura de *Manuscrito hallado en una botella* de Edgar Allan Poe.

ResumenExpress.com

Muchas más guías
para descubrir tu pasión
por la literatura

www.resumenexpress.com